Escombres voladores

Servei a domicili

Ann Jungman

Escombres voladores

Servei a domicili

edebé

Títol original: *Broomstick services*
First published by Scholastic Publications Ltd, 1990

Passeig Sant Joan Bosco, 62
08017 Barcelona

Disseny de la col·lecció: DMB&B.

Traductor: Lluís Roura.

Il·lustracions interiors i coberta: Jean Baylis.

3a edició

ISBN 84-236-2649-0
Dipòsit Legal. B. 7712-95
Imprès a Espanya
Printed in Spain
EGS - Rosari, 2 - Barcelona

Índex

1
A l'aparcament

Als afores de la ciutat s'alçava un supermercat nou de trinca, envoltat d'un enorme aparcament de formigó. Durant el dia, l'aparcament era ple de gom a gom de compradors atrafegats que s'afanyaven amunt i avall, però a la nit no s'hi veia ni una ànima. Si més no, això era el que acostumava a passar, però qualsevol que s'hi hagués acostat aquella fosca nit de novembre hauria quedat esbalaït en veure un espectacle extraordinari.

Enmig d'un grupet d'arbres, en una banda de l'aparcament, hi havia tres bruixes que ballaven al voltant d'un calder. Alçaven les cames i cantaven tan fort com podien:

Bombolles i bombolles, penes i aflicció,
mireu com crema el foc i bull el calderó.

Dalt d'un dels arbres, assegut en una branca, hi havia un gat negre que bellugava la cua alegrement i udolava tot seguint la melodia de les bruixes. Al cap d'una estona, van deixar de cantar i de ballar i es van asseure al voltant del foc.

—Pensem una dolenteria per fer aquesta nit —va dir la bruixa més alta, esbossant un somriure maliciós sota la llum de la Lluna—, alguna cosa perversa de debò per castigar els qui han gosat construir un aparcament al nostre lloc sagrat.

—Potser en fas un gra massa, Maud —va dir la més petita de les bruixes—. Com podien saber que aquest era el nostre lloc sagrat? I, si més no, el nostre arbre màgic encara és aquí.

—Que en faig un gra massa? —va dir la bruixa alta, enfurismada—. De debò, Ethel,

em desesperes. Per a nosaltres, les bruixes, les coses van més que malament. El segle XX ha estat un desastre. Quan érem joves, pràcticament no ens podíem moure sense xocar amb l'escombra d'una altra bruixa. Ara gairebé mai no se'n veu cap. Fa anys que no he tingut cap accident d'escombra. Al pas que anem, ben aviat no podrem fer ni tan sols un encanteri. I tot el que se t'acut és buscar excuses per a la gent. Vinga, va, vosaltres dues, deixeu-vos de romanços i ajudeume a pensar en una venjança terrible i escaient.

—Podríem fer que s'apaguessin tots els llums —va suggerir la tercera bruixa, una figura alegre i grassoneta.

—Sí! —va exclamar l'Ethel—. No els faria gens de gràcia, això. S'apagarien tots els aparells de televisió.

—I les calefaccions —va continuar la bruixa grassoneta—, i les flassades elèctriques, i les rentadores, i els vídeos, i els equips d'alta fidelitat, i tots aquests aparells tan estranys que la gent té a casa seva avui dia.

—No teniu remei, ni l'una ni l'altra —va dir la bruixa alta, que treia foc pels queixals—. Sort que la nostra pobra mare no és aquí per escoltar aquests suggeriments tan lamentables que feu. Vinga, anem per feina i ajudeu-me a pensar en una dolenteria de debò, alguna cosa perversa i horrible.

—Oh, Maud! —va sospirar la bruixa grassoneta—, sembla que visquis en un altre món... Per què no acceptes simplement que el temps de les bruixes ja ha passat? Nosaltres ja no hi tenim cabuda, en aquest món ple de supermercats i aparells de televisió i *walkmans!* Estem tan passades de moda com les cotilles, l'espígol i els entrepans de cogombre i, a més, ja n'estic tipa, jo.

—Tipa? —va tronar la Maud—. Què vol dir que n'estàs tipa, tu, miserable desastre de bruixa amb cara de rat-penat? Mabel, exigeixo una explicació!

—Doncs que estic tipa de ser bruixa a les darreries del segle XX i que he decidit deixar-ho córrer. D'ara endavant vull ser normal.

—Normal? —va queixar-se la Maud—. I què dimoni se suposa que vol dir això, capsigrany, més que capsigrany?

La Mabel es va enrojolar, però va mirar fixament els ulls flamejants de la Maud.

—El que vull dir, Maud, és que penso integrar-me al món, on intentaré trobar feina i viure com una persona normal. No vull passar el que em queda de vida ballant al voltant d'una olla i anant amunt i avall en una escombra atrotinada, tot enginyant encanteris estúpids. Pel que fa a mi, s'ha acabat la bruixeria.

—Molt bé —va dir la Maud—. Vés-te'n, doncs, i intenta convertir-te en una persona normal. Aviat sabràs com les gasten. Ningú no voldrà saber res de tu. Estaràs sola, passaràs fred i gana, però no et pensis pas que l'Ethel i jo t'estarem esperant per si tornes a posar seny. Ens n'anirem ben lluny i potser no ens podràs trobar. Oi que sí, Ethel?

—Bé, si t'haig de ser sincera, Maud —va xiuxiuejar l'Ethel, mossegant-se les ungles i mirant a terra—, penso que m'agradaria anar-me'n amb la Mabel. Jo també estic cansada de ser bruixa.

—Desgraciades, traïdores, miserables gripaus! —va cridar la Maud—. Molt bé, doncs ja us en podeu anar, però el calder i el llibre d'encanteris me'ls quedo jo. Potser seré la darrera bruixa malvada que quedi al món, però no tinc la intenció d'abandonar els vells costums de la mare i de l'àvia i de tots els nostres avantpassats. Penso continuar amb la gran tradició familiar fins a la fi dels temps.

—Que cadascuna faci el que li vingui de gust, Maud —va dir la Mabel alegrement—. Ens sembla molt bé que et quedis el calder i el llibre d'encanteris. Allà on anirem l'Ethel i jo, no ens caldran aquestes coses. I sobretot, Maud, cuida't molt i no t'oblidis de posar-te les calces més gruixudes quan empitjori el temps. Podries morir-te de fred volant per allà. dalt d'una banda a l'altra. I espero que, quan l'Ethel i jo ens haurem establert, ens vindràs a veure algun dia. Ens agradaria no perdre el contacte amb tu. Vull dir que, al capdavall, som germanes, tot i que hàgim triat camins diferents.

—No diguis bajanades —va cridar la Maud—. Per res del món no em rebaixaria a parlar amb unes llepaires com vosaltres. I no penseu pas que us en sortireu, perquè no serà així. Un dia o altre tornareu i us arrossegareu davant meu tot demanant-me perdó; i, qui sap, potser aquell dia estaré de bon humor i us ajudaré, o potser no.

—Vaja —va sospirar la Mabel—, havia esperat que ens diríem adéu d'una manera agradable, però ja que no vols, deixem-ho estar. Però ja saps que la nostra porta estarà sempre oberta per a tu. Et desitjo bona sort.

—Jo també —va xiuxiujear l'Ethel—, i si us plau, vine'ns a veure algun dia, Maud. Em sabria molt de greu si no ens tornéssim a veure mai més.

Després de fer una darrera ullada a la Maud, l'Ethel i la Mabel, agafades de la mà, es van allunyar pel camí que menava a la ciutat. La Mabel va sentir un esgüell feble mentre caminava i, quan va tombar el cap per mirar, va veure el gat negre que venia corrents al seu costat.

—Mira, Ethel —va dir, alegre—, el Gat Negre ha decidit acompanyar-nos.

Mentre s'allunyaven amb les escombres a la mà, van sentir la Maud que, darrere seu, cantava en veu alta:

Pels gripaus del rec i les òlibes del terrat,
maleïdes siguin les que m'han abandonat.

—Que ho sents, Mabel? —va xiuxiuejar l'Ethel.

—I tant que sí. És cruel, oi? No t'hi amoïnis, Ethel, tingues coratge. Hem fet el que havíem de fer i espero que a la Maud ja li passarà amb el temps.

—Tant de bo tinguis raó, Mabel. Estic tan cansada que ni tan sols no aconsegueixo pensar amb claredat.

—El que ens cal de debò és dormir una mica —va contestar la Mabel—. Demà, quan es faci de dia i hàgim descansat, podrem fer plans per a la nostra nova vida. Anem a buscar un lloc per dormir.

—Hi ha un cobert allà baix.

—No puc llegir el que diu al rètol de fora. Haurem de fer una mica de llum. Vinga, Ethel, no ens veu ningú. Vejam si funciona l'encanteri. I tu, Gat Negre, ajuda'ns també.

I així, les dues bruixes van alçar les mans cap al cel i van cantar:

Per les urpes del corb i la pell del llangardaix,
que la llum il·lumini aquell rètol d'allà baix.

El Gat Negre va udolar dins la foscor per donar suport a l'encanteri.

Immediatament, un llampec va sorgir del no-res i va il·luminar el rètol.

—Ha funcionat —va dir l'Ethel, satisfeta i un xic més animada.

—Sí —va contestar la Mabel—, i el rètol diu *Escola Primària Santa Margarida.* Bé, no està malament. Les escoles són buides a la nit. Som-hi, Ethel, dormirem en aquell cobert i, quan els nens vinguin a l'escola, nosaltres ja ens n'haurem anat.

—Estàs segura que no hi cap perill, Mabel?

—No siguis tan poruga, Ethel. És clar que és un lloc segur. I ara, vinga, puja a l'escombra i saltarem per damunt del reixat. Un, dos i tres! Puja, Gat Negre, i som-hi!

I al cap de cinc minuts, les dues bruixes dormien profundament al cobert on el vigilant de l'escola guardava les eines.

2
Al pati de l'escola

L'endemà, els nens van arribar a l'escola com cada dia i es van quedar jugant fins que va sonar el timbre que assenyalava el començament de les classes. Les dues bruixes no es van adonar de res. Va arribar l'hora del pati i elles encara dormien. Però el Gat Negre, que s'avorria i tenia gana, es va esmunyir per un forat de la paret i va començar a caminar pel pati. Un grup de nens van deixar de jugar a pilota i van anar corrents fins al gat.

—Mireu, un gat. Mix, mix, vine aquí, mix, mix, mix —va dir la Lucy, mentre s'agenollava per amanyagar el gat.

Al Gat Negre no li agradaven els nens,

i va tornar al cobert corrent tan de pressa com va poder. Els tres vailets el van seguir.

—S'ha ficat al cobert del vigilant —va cridar el Joe.

—El devem haver espantat —va dir la Jackie—. Anem a veure si vol una mica de llet.

Els nens van obrir la porta del cobert i allà, ajagudes entre pales, rascles i galledes, ron-

caven la Mabel i l'Ethel. La llum sobtada i el corrent d'aire van despertar les dues bruixes, que es van incorporar i van mirar aquell munt de coses tan insòlites que les envoltaven. Els nens van mirar les bruixes i les bruixes van mirar els nens. Els nens no podien creure el que veien.

—Bé, entreu —va dir la Mabel, al cap d'una estona—. Fa fred, amb la porta oberta.

El Joe va tancar la porta.

—Qui sou? Sembleu bruixes —va dir, esbalaït.

—Som bruixes —li va dir la Mabel—. Però no som de les dolentes, almenys ara ja no.

—No tinc por —va dir la Lucy—. No són bruixes. Només ens volen espantar. Anem-ho a dir al director.

La Mabel es va posar dreta d'un bot i, alçant les mans, va cridar:

Aquests nens, en un instant,
ratolins esdevindran.

—No, Mabel —va cridar l'Ethel, tot mirant els tres ratolins que corrien pel terra del cobert—, ratolins no. Recorda que el Gat Negre és amb nosaltres.

El Gat Negre s'ajupia i arquejava l'esquena, preparat per saltar de sobte sobre els ratolins.

Gat petit, negre i caçador,
converteix-te en un... un... penjador.

Al cap d'un segon, en aquell cobert mig esfondrat, hi havia un penjador de fusta preciós i lluent.

—I ara, converteix aquests nens en nens una altra vegada —va dir l'Ethel, enutjada—. De debò, Mabel, aquest comportament s'adiu més amb la Maud que no pas amb tu. Recorda que se suposa que volem canviar els nostres costums.

—Em sap greu, Ethel —va dir la Mabel, mentre s'asseia—. Ho he fet sense pensar. M'he espantat i he fet el primer que m'ha passat pel cap. I ara que hi penso, quin és l'encanteri per convertir ratolins en nens? Ostres, Ethel, me n'he oblidat.

L'Ethel va aclucar els ulls i va pensar. Tot seguit, va cridar:

Ratolins, un, dos i tres,
altre cop nens heu de ser.

Però els nens van continuar sent ratolins.

—No ha funcionat! Vinga, Mabel, concentra't.

La Mabel ho va tornar a intentar:

Aquests tres ratolinets
seran nens bons i dolcets.

Però tampoc no va passar res.

—Oh, no, encara són ratolins. Torna-ho a provar, Ethel.

—No t'hi amoïnis. Estic segura que aquesta vegada l'encertaré —va dir l'Ethel tota convençuda.

Els ratolins esdevindran
tres noiets en un instant.

De sobte, les bruixes van tornar a veure tres nens davant seu.

—Em sap molt de greu —va començar la Mabel—. Ho he fet sense pensar.

—Estàvem dormint, ja ho heu vist —va afegir l'Ethel—. Val més que aneu a informar de la nostra presència ara mateix; ens ho hem buscat.

—Sou bruixes de debò! —va dir la Jackie—. Bruixes autèntiques!

—És clar que sí —va dir la Mabel—. I ara, vinga, acabem amb tot això d'una vegada.

Porteu-nos al director, o a qui cregueu que és la persona adient.

—No podeu ser bruixes dolentes —va dir la Lucy—. Si ho fóssiu, hauríeu deixat que aquest gat se'ns cruspís.

—De totes maneres, em podeu dir què hi feu, aquí? —va demanar la Jackie.

La Mabel els va explicar que s'havien barallat amb la Maud perquè ella i l'Ethel ja n'estaven tipes.

—Ja ho veieu —va dir la Mabel—, volem ser persones normals i el primer que ens cal és trobar la manera de guanyar alguns diners per comprar menjar. Ens podeu ajudar?

—Però, com vols que ens ajudin, Mabel? —va demanar-li l'Ethel—. Si m'haguessis convertit en ratolí havent-hi un gat a prop, jo no et voldria pas ajudar.

—M'agradaria ajudar-vos —va dir llavors el Joe—. Aquesta és la cosa més extraordinària que m'ha passat en la vida.

—I tant! —va afegir la Jackie—. Quan el gat s'ha convertit en penjador, fins i tot m'ho he passat bé sent un ratolí.

Just aleshores va sonar el timbre que assenyalava el final del temps d'esbarjo, però els nens no volien tornar a les classes.

—Val més que ens n'anem —va advertir la Jackie—, perquè si no tothom sortirà a buscar-nos i descobriran la Mabel i l'Ethel. Vosaltres dues quedeu-vos aquí. Us portarem menjar a l'hora de dinar. Després de classe, en tornarem a parlar i mirarem de trobar una solució per al vostre problema.

3
Una idea genial

Un cop acabades les classes, els nens van aplegar els diners que duien i van comprar patates rosses i suc per les bruixes, i una mica de llet per al Gat Negre (per quan deixés de ser un penjador) i van anar corrents cap al cobert. Mentre menjaven asseguts en cercle, intentaven pensar què podrien fer les bruixes per guanyar diners.

—Podríeu netejar els carrers amb les escombres —va suggerir el Joe.

—Ningú no les contractaria —va replicar la Jackie—. Avui en dia els carrers els netegen amb màquines.

—Podríeu escombrar les fulles seques del parc a la tardor —va suggerir la Lucy.

—Sí —va sospirar la Mabel—, però, què faríem la resta de l'any?

De cop i volta, la Jackie es va alçar.

—Tinc una idea brillant! —va exclamar.

—Molt bé, geni, vejam què se t'ha acudit —va dir el Joe.

—Les escombres, funcionen? —va preguntar la Jackie.

—I tant que sí! —va contestar l'Ethel, indignada—. Vull dir que, tot i que volem ser persones normals, al capdavall no deixem de ser bruixes.

—Fantàstic —va dir la Jackie—. Aleshores podríeu fer de repartidores entre la gent que viu als pisos més alts dels edificis.

—Quina una en portes de cap, geni? —va demanar la Lucy, burleta.

—Ja sabeu què passa en aquests blocs de pisos tan alts. Els ascensors sempre estan espatllats. A les persones com ara la meva àvia els agrada menjar peix i patates fregides i coses així, però no estan disposades a baixar quinze pisos i després tornar-los a pujar. L'Ethel i la Mabel podrien servir menjar a domicili per les finestres.

—És una gran idea —va dir el Joe—. Et felicito, a mi no se m'hauria acudit mai.

—Sí —va afegir la Lucy—, és una feina que només podria fer algú que fos capaç de volar en una escombra. Podria ser un servei molt interessant.

—Hi ha un problema —va observar el Joe—. La majoria de les persones no creuen en bruixes i, per tant, no es prendrien la idea seriosament.

—Tens raó —va dir la Mabel amb tristor—. A més, hi ha gent a qui no agradem gens. Trucarien a la policia immediatament.

—Ja sé què cal fer —va cridar la Jackie—. N'hem de parlar amb la meva àvia.

—I què hi té a veure la teva àvia, amb tot això? —va demanar el Joe.

—És la presidenta de l'Associació de Jubilats i de l'Associació de Veïns del barri. Això vol dir que coneix tots els que viuen als blocs de pisos. Si aconseguíssim que es posés de part nostra, podria convèncer-los que donessin una oportunitat a l'Ethel i a la Mabel.

—M'agrada la teva àvia —va dir el Joe—, perquè sempre ens escolta. Anem a casa seva a veure si la podem convèncer perquè ens ajudi.

—Sí, anem-hi —va dir la Lucy—. Però haureu de deixar els barrets i les escombres aquí, Ethel i Mabel. Poseu-les al penjador. Només faltaria que l'àvia de la Jackie tingués un ensurt. Cal que es vagi acostumant a la idea de mica en mica.

A contracor, les bruixes s'hi van avenir. Van deixar els barrets i les escombres i van seguir els nens fins al bloc de pisos. Com que l'ascensor estava espatllat, van haver de pujar a peu quinze pisos.

—Ara entenc per què pot ser que ens acceptin com a repartidores —va dir la Mabel, panteixant—. Aquestes escales són terribles.

Quan finalment van arribar al pis de l'àvia de la Jackie, hi van entrar tots plegats.

—Hola, Jackie. Hola, Joe i Lucy —va dir l'àvia—. Estic contenta de veure-us. I qui són aquestes dues noies? Em sembla que no ens coneixem.

—No, no ens coneixem. Jo sóc la Mabel i aquesta és la meva germana Ethel.

—Molt bé, asseieu-vos. Us prepararé una tassa de te. Sembleu tots molt cansats.

Mentre bevien el te, l'Ethel i la Mabel miraven al seu voltant encuriosides.

—Així, doncs, és així com viuen les persones —va dir l'Ethel—. Molt interessant.

—Quin comentari tan estrany —va dir l'àvia, desconcertada—. Què has volgut dir?

—Aquesta és la raó per la qual t'hem vingut a veure, àvia —va dir la Jackie—. Necessitem la teva ajuda.

—La meva ajuda? I per què?

—És per la Mabel i l'Ethel. Com pots veure, totes dues són bruixes, però volen trobar feina i guanyar-se la vida, i nosaltres les volem ajudar. Se m'ha acudit una idea genial, i és que com que poden volar amb les escombres, doncs es podrien encarregar de repartir menjar i coses a la gent dels pisos. He pensat que si tu t'avenies a parlar-ne amb el veïnat, potser al capdavall trobarien que és una bona idea.

—Un moment. M'esteu dient que aquestes dues noies són bruixes?

—Sí, som bruixes —li va dir la Mabel—, o almenys ho *érem*.

—No digueu bajanades —va dir l'àvia, secament—. Tothom sap que les bruixes no existeixen. Que potser és una broma, això?

—No, de debò que no —va dir l'Ethel—. Som bruixes, però bruixes bones, i volem utilitzar les nostres habilitats especials per ajudar la gent i guanyar-nos la vida.

L'àvia va esclafir a riure.

—Ja veig que tot plegat és una broma. Bé, fet i fet, haig de reconèixer que no em desagrada riure una mica de tant en tant. Llàstima que no sigui veritat. Tenir gent que repartís menjar i roba per les finestres seria fantàstic. Una idea excel·lent.

—Però, podria ser veritat —li va dir l'Ethel—. De debò. I ara escolti'm, si vinguéssim volant fins a la seva finestra amb el sopar preparat i ben calent, ens creuria, alesshores?

—No tindria cap més remei —va contestar l'àvia, rient.

—Molt bé, doncs digui'ns què vol per sopar i li ho durem de seguida.

—No crec pas que ho pugueu fer, però d'acord. Prendré pizza. Aquí teniu diners. Compreu-ne dues de grans. L'oncle Fred no trigarà a arribar i ens les partirem.

Van anar tots plegats corrents cap a l'escola a buscar les escombres i els barrets, i l'Ethel va convertir el penjador en el Gat Negre perquè pogués prendre la llet. Tot seguit van anar a la pizzeria. Els nens van comprar tres pizzes diferents i les van donar a l'Ethel i a la Mabel. Les dues bruixes van anar volant cap al bloc de pisos tan de pressa com van poder.

L'àvia mirava per la finestra, encuriosida. En aquell moment va arribar l'oncle Fred. L'àvia li va explicar ràpidament el que passava i l'oncle Fred es va posar al seu costat davant de la finestra. Quan van veure les dues bruixes que, muntades a les escombres, volaven cap a ells, no van poder creure el que veien.

—Dues pizzes ben calentones per al número 273 —va dir la Mabel.

Al cap d'una estona, l'àvia va recuperar la veu.

—Valga'm Déu! Calentes i tot! Bé, val més que entreu i en parlarem tot menjant.

—Si no li fa res esperar un moment, anem a buscar els nens i tornem de seguida.

L'oncle Fred va veure, esbalaït, com els nens volaven per l'aire asseguts a les escombres, tot llançant xiscles d'excitació. Quan l'Ethel, la Mabel i els nens van entrar volant per la finestra, es va haver de pessigar per assegurar-se que no ho somiava. L'àvia va presentar les bruixes a l'oncle Fred i, al cap d'uns minuts, estaven tots asseguts a taula bevent te i menjant trossos de pizza. Tothom va coincidir a assenyalar que *Escombres voladores -Servei a domicili-* seria una empresa que podria funcionar d'allò més bé.

—Penso que hauríem d'inaugurar el servei volant —va dir el Joe.

Tots van remugar davant d'aquest joc de paraules.

—De debò —va continuar—. Hauríem de fixar una nit per fer una gran festa d'inauguració. Després caldria fer-ho saber a tots els que viuen als pisos i organitzar un gran espectacle, ja m'enteneu, música, llums, posar un anunci al diari local, i coses així. D'aquesta manera tots els que viuen en aquesta zona s'assabentarien del servei que ofereixen l'Ethel i la Mabel i els donarien feina cada nit.

—És fantàstic! —va dir la Mabel.

—Sou uns nens molt llestos. Hem estat de sort de conèixer-vos. A nosaltres soles mai no se'ns hauria acudit res de tot això.

—Per què no mirem de dissenyar una targeta? —va dir l'àvia—. Vejam, què hi podríem posar? Què us sembla:

«El vostre ascensor sempre està espatllat? Odieu haver de pujar centenars de graons? Us pesen massa les bosses de la compra? Quan heu arribat a casa, trobeu que el menjar preparat que heu anat a comprar a la botiga de la cantonada ja s'ha refredat? Doncs ara teniu la solució per als vostres problemes. Escombres voladores -Servei a domicili- us portarà els menjars preparats i la compra fins a la finestra de casa vostra. Servei ràpid, net, eficient, fiable i barat. Agafarem les primeres comandes divendres vinent, a les 7 del vespre. No us perdeu aquesta oportunitat única. ESTIGUEU A L'AGUAIT A LA FINESTRA. El lliurament serà de franc només aquest divendres.»

—És fabulós —va dir la Lucy—. Ara caldrà treballar de valent per escriure les targetes. I després les haurem de repartir abans de divendres.

—L'Ethel i jo ens podem encarregar de les targetes —va dir la Mabel—. Si tinguéssim un lloc per treballar, les podríem fer totes en un dia i decorar-les amb barrets, escombres i coses així.

—Us podeu quedar aquí —va dir l'àvia, oferint-los casa seva—. No és que hi hagi gaire espai, però ens arreglarem. A més, m'agrada tenir companyia. Sereu molt ben rebudes.

—Gràcies —va dir la Mabel—. Ens encantarà quedar-nos-hi.

—La Maud anava errada del tot —va murmurar l'Ethel—. Va dir que ningú no voldria saber res de nosaltres, però fins ara tothom s'ha comportat d'una manera molt amable. Si ho hagués sabut, ja faria anys que hauria deixat de ser bruixa.

4
La nit de la inauguració

L'àvia va convocar els veïns a una reunió i els va parlar del servei meravellós que oferien la Mabel i l'Ethel. Alguns dubtaven si era convenient permetre que entressin bruixes a la finca, però l'àvia els va tranquil·litzar tot assegurant-los que tant l'Ethel com la Mabel havien decidit deixar de fer coses dolentes per sempre i que utilitzarien les seves habilitats especials només per ajudar la gent. Tot seguit van acordar que donarien una oportunitat a les bruixes el divendres següent.

Quan va arribar el vespre del divendres, tot estava preparat. El Joe havia manllevat tants magnetòfons com havia pogut i havia enregistrat la música vibrant de l'*Obertura de*

Guillem Tell per donar solemnitat al vol d'inauguració. La Lucy havia passat per tots els pisos i havia convençut tothom perquè encenguessin els llums a les set en punt.

En acostar-se l'hora assenyalada, la majoria de la gent que vivia als pisos mirava per les finestres tot esperant per veure què passaria. La Mabel i l'Ethel es van pentinar els llargs rínxols negres i es van posar els barrets negres, alts i lluents.

—Falten cinc minuts —va dir la Jackie—. Esteu nervioses?

—Jo no —va dir la Mabel—. Tinc ganes que arribi l'hora. Per fi serem famoses.

De cop i volta van sentir que l'Ethel xisclava.

—Ethel —va dir la Mabel, severa—, calma't. No penso tolerar que un atac de nervis ho engegi tot a rodar, i menys ara, després que tothom ens ha ajudat tant.

—Les escombres! —va exclamar llavors l'Ethel—. Mira, han desaparegut!

—Oh, no! —va gemegar la Mabel.

—Què farem? —va preguntar el Joe—. Tothom espera.

—La Maud, ha degut ser la Maud —va exclamar la Mabel—. Em demanava quan es decidiria a atacar. És una autèntica mala passada.

Van sentir una forta riallada damunt seu. Van alçar els ulls i, efectivament, allà s'estava la Maud, amb els cabells flamejant al vent, muntada en una escombra i aguantant-ne dues més amb les mans.

—I què esperàveu, estimades germanes? Jo sóc encara una bruixa malvada. Que potser esperàveu que jugaria net? Sou més ximples que no m'havia pensat. I ara, intenteu posar en marxa el vostre petit projecte. Ja veureu com s'ho prendran els vostres nous amics quan vegin que els heu enganyat.

—Maud, baixa immediatament i torna'ns les escombres.

—Ni t'ho creguis —va xisclar la Maud, desafiadora—. No permetré que utilitzeu la màgia de les bruixes per ajudar la gent.

Pels gripaus del rec i les òlibes del terrat,
maleïdes siguin les que m'han desafiat.

I es va esvanir dins la foscor, rient sonorament.

—Feu alguna cosa —va cridar el Joe—. Només falten un parell de minuts.

—No podríeu convertir en màgiques un parell d'escombres normals o alguna altra cosa? —va preguntar la Lucy—. Sou bruixes, oi? O és que cal que siguin d'una mena especial?

—No ho sé —va dir la Mabel—. El que vull dir és que mai no ens havia passat una cosa així abans. Porteu un parell d'escombres i ho provarem.

Els nens se'n van anar corrents.

—Sabia que passaria alguna cosa i que tot se n'aniria en orris —va dir l'Ethel.

—Calla —li va ordenar la Mabel amb fermesa—, i comença a pensar en algun encanteri per convertir una escombra normal en una de màgica. Encara no està tot perdut. Encara li podem ensenyar un parell de coses a la Maud.

Al cap d'uns minuts, els nens van tornar amb dues baietes.

—Què redimoni és, això? —va demanar la Mabel.

—Baietes! Són les coses més semblants a una escombra que hem pogut trobar amb tantes presses. Serviran?

—Ho haurem de provar —va sospirar la Mabel.

—Bé, val més que ens afanyem. Ja són més de les set i la gent està impacient.

A tots els pisos, la gent treia el cap per les finestres, cridant:

—Què esperem?

—Se t'acut cap encanteri, Mabel? —va demanar l'Ethel—. A mi se me n'han anat tots del cap. Era la Maud qui s'encarregava de les escombres i, a més, el llibre de màgia el té ella.

—Ho intentaré. I ara, que tothom calli. Som-hi.

Baieta neta i bruna,
puja dalt del raig de lluna.
Vola, vola cap al cel
en aquesta nit d'hivern.

Tots van mirar les baietes esperançats, però no va passar res. Els crits d'inquietud es van fer més forts. Aleshores l'Ethel va dir:

—Ja me'n recordo! Ara me'n recordo! Només funciona si ho fem amb el cap a terra. Vinga, Mabel, no podem perdre ni un segon. Ho hem de fer les dues alhora. Una, dues, tres, i caps avall.

Des d'aquella posició, les dues bruixes van repetir l'encanteri. Els nens les observaven sense respirar. Les dues baietes van començar a enlairar-se.

—Eh, espereu-nos! —van xisclar les dues bruixes mentre s'alçaven ràpidament.

—Se n'han anat —va cridar la Jackie—. Feu-les tornar. Les heu de fer tornar.

L'Ethel va cridar desesperadament:

Per nas de bruixa
i pota de garrí,
us mano, baietes,
que torneu aquí.

Les dues baietes van baixar com un llamp i es van estavellar contra la Mabel, que va caure a terra. La resta del grup es va apartar ràpidament.

—Molt bé, Ethel —van dir els nens—. I ara, de pressa, posarem la música i vosaltres ja podeu començar el negoci d'aquest vespre.

—Vinga, Mabel —va dir l'Ethel a la seva germana—. No tens res més a fer que quedar-te ajaguda al fang? Anem per feina!

—D'acord —va contestar la Mabel, mentre es posava dreta amb dificultat i agafava ben fort la baieta—. Vinga, Gat Negre, puja darrere meu.

El Gran Negre va corbar l'esquena, va deixar anar un ruflet i se'n va anar bellugant la cua.

—No vol venir —va dir la Mabel, amb tristor—. Deu pensar que volar sobre una baieta és una cosa poc digna.

—No t'hi amoïnis —va dir la Lucy—. Ara

que sou bruixes bones, ja no en necessiteu cap, de gat.

—Connectaré la música quan compti fins a tres —va dir el Joe—. Un, dos i tres!

En sentir-se l'esclat de la música, les dues bruixes es van enlairar encamellades damunt les baietes. Els veïns van deixar anar un gran crit d'entusiasme en veure les bruixes que donaven una volta tot fent onejar els barrets i llançant petons a la gent. Aleshores l'Ethel va començar a prendre comandes i la Mabel se'n va anar volant a diverses botigues i restaurants per recollir el menjar.

—Pollastre per a la senyora Barzetti —va cridar l'Ethel—. Dues hamburgueses de les grans per als bessons Brown, i estofat de porc per al senyor Griffin, del número 49.

Les bruixes van passar tot aquell vespre volant amunt i avall, lliurant menjar calent i xerrant animadament amb els seus clients. Finalment, van agafar les capses buides i les van llançar als contenidors d'escombraries.

Quan tot es va haver acabat, tothom va estar d'acord que havia estat un èxit sensacional i els veïns van prometre que utilitzarien els serveis de les bruixes regularment i que les recomanarien als seus amics. Aquella nit, la Mabel i l'Ethel es van deixar anar al seu llit al pis de l'àvia extenuades però contentes.

—Ho hem aconseguit, Ethel. Ho hem aconseguit! Tenim feina!

—Ja ho sé —va contestar la seva germana—, i també estem fent amics. La Maud no podia haver anat més equivocada.

—Pobra Maud! —va dir la Mabel, pensarosa—. Em demano quant de temps més continuarà fent-nos la guitza. Amb un xic de sort, potser s'adonarà que ens n'estem sortint bé i s'unirà a nosaltres. Seria molt bonic que tornéssim a estar totes tres juntes, i el Gat Negre també.

—L'esperança és l'últim que hem de perdre —va dir l'Ethel—. I ara, val més que anem a dormir. Demà ens espera una altra nit de molta feina.

5
La Maud s'incorpora a l'empresa

L'Ethel i la Mabel van tenir un èxit enorme. Cada dia feien vols per fer la compra de la gent, dur roba bruta a la bugaderia, recollir medicaments de la farmàcia i fins i tot per entretenir els nens quan s'avorrien. Al cap d'unes quantes setmanes els van oferir un pis a la planta trenta-cinc, que ningú no volia perquè era massa amunt. Les dues bruixes van quedar entusiasmades i de seguida el van començar a decorar. Quan van haver acabat, van sortir a comprar uns quants mobles de segona mà.

—Qui ens havia de dir que un dia tindríem casa pròpia, Mabel —va dir l'Ethel, radiant de felicitat—. Em demano què diria la Maud si ens pogués veure ara.

—Espero que estarà bé —va contestar la Mabel—. Aquest és un hivern molt fred. M'hauria agradat enviar-li la nostra targeta, però vés a saber on para.

—Sap que som en algun lloc d'aquest bloc de pisos —va dir l'Ethel—. Ja ens trobarà si ens necessita. Vols una altra tassa de te, Mabel? Hi ha una pel·lícula molt bona a la televisió que comença d'aquí a deu minuts.

Així doncs, amb una tassa de te a la mà, les dues bruixes es van escarxofar a la butaca per mirar la televisió, tot fruint de l'atmosfera càlida i acollidora de la seva pròpia casa. Quan eren a punt de tancar la televisió, van sentir un copet a la finestra.

—Deu haver estat el vent —va dir la Mabel.

Però els copets van continuar. Les dues germanes es van mirar l'una a l'altra. Llavors van sentir miolar un gat.

—És la Maud! Ha de ser ella! No pot ser ningú més! —va exclamar l'Ethel. Va descórrer la cortina i, allà, quieta damunt l'escombra, va veure la seva germana.

—Entra, entra —va cridar la Mabel, després d'obrir la finestra. La Maud va entrar volant, xopa i tremolant.

—Necessites un bany calent —va dir l'Ethel—. Vine, Maud, vine i veuràs quina cambra de bany més bonica que tenim.

La Mabel es va sorprendre de veure que la Maud es deixava dur fins a la cambra de bany i ficar en una banyera plena d'aigua escumosa i fumejant. Ràpidament, la Mabel va escalfar un xic de sopa i, quan la Maud va sortir del bany, la va fer asseure davant del foc i l'hi va donar. Al Gat Negre, que estava magre, xop i trist, també li van donar menjar.

—Com ens has trobat? —va preguntar l'Ethel.

—Feia temps que us buscava. Em sentia

molt sola sense vosaltres. Fer dolenteries pel meu compte ja no em divertia. Per tant, li vaig dir al Gat Negre: «Anem a buscar-les», i aquí ens teniu.

—Ens ha anat molt bé d'ençà que ens vam separar, ja ho veus. Tenim una bona feina, un lloc molt bonic per viure i un munt d'amics. Què me'n dius?

—D'acord, em vaig equivocar. No cal que en parlem més. Vaig pensar que la gent no us acceptaria perquè éreu bruixes, però anava errada. Us he vingut a demanar perdó per la mala passada que us vaig fer i, per demostrar-vos que em sap greu de debò, us he dut les vostres escombres. I una altra cosa... que potser em deixaríeu quedar amb vosaltres, si us plau?

—No és pas un altre truc, Maud? —va preguntar l'Ethel, malfiada.

—No! —va dir la Maud—. Tinc fred, passo gana i em trobo sola, ja ho veieu.

—Aleshores val més que et quedis amb nosaltres i ens donis un cop de mà —va dir la Mabel, amb un somriure d'orella a orella—. Ens anirà molt bé un xic d'ajuda extra. Resulta que ens han demanat que ens ocupem d'un servei nou, anomenat *menjars sobre escombres.* Ens caldrà un parell de mans més i una altra escombra, si ens en volem sortir.

—I això què és? —va preguntar la Maud.

—És un servei per lliurar menjars calents a les persones que no poden cuinar o que ho troben molt difícil. Fins ara hi havia un servei semblant anomenat *menjars sobre rodes.* El problema era que quan el repartidor havia pujat vint pisos, el menjar ja s'havia refredat. Si nosaltres utilitzem les escombres, quan el lliurem encara serà calent.

—Molt bé —va dir la Maud—. Tot el que necessito és una bona dormida.

—Et comportaràs d'una manera amable amb la gent, oi? —li va demanar l'Ethel, amoïnada—. Ens has de prometre que no els espantaràs.

—Potser sí o potser no. Hauré de comprovar si el fet de ser bona m'escau tan bé com a vosaltres. Fins que no me n'hagi convençut, no teniu cap més remei que refiarvos de mi, estimades germanes.

Això no obstant, la Maud ho va fer molt bé. Passava el dia volant amunt i avall, anant a buscar i lliurant menjars, i comportant-se amb tanta amabilitat com les seves germanes. De fet, feia més feina que no pas l'Ethel i la Mabel, perquè treballava fins a mitjanit i s'aixecava a trenc d'alba.

6
Un casament de bruixes

Al cap d'un temps, la Maud fins i tot va començar a cuinar plats especials per als que estaven malalts, com ara arròs amb llet i puré de poma, brou de vedella i una sopa de pollastre d'allò més saludable.

A les seves germanes no els feia res que la Maud cuinés, sempre que poguessin asseure's davant de la televisió, mentre es menjaven un deliciós plat preparat. Però la Maud insistia que l'ajudessin a anar a buscar menjar i lliurar-lo, i a preparar els plats especials.

La Mabel i l'Ethel se'n van atipar tant que van decidir anar a veure l'àvia.

—És terrible —es van queixar—, ens fa treballar a tothora. No podem mirar la tele, ni escoltar música, ni fer petar la xerrada amb els amics, ni tan sols dormir fins tard els diumenges. Sempre ens fa fer alguna cosa.

—Vaja! —va dir l'àvia, rient—, es comporta com una bruixa bona de debò.

—Ja ho pot ben dir —va contestar l'Ethel, gemegant—. I també ens fa resar abans de ficar-nos al llit, fins i tot quan fa molt fred. La Maud es comporta com quan érem bruixes dolentes, és igual de manaire.

—Diumenge passat fins i tot ens va fer anar a l'església *quatre* vegades —va afegir la Mabel—. Anar a l'església ens agrada; sempre hi anem, però quatre vegades és una mica massa.

—I tant! —va dir l'àvia—. Malauradament, no se m'acut res per suggerir-vos.

—Doncs a mi sí —va dir la Jackie—. El geni torna a atacar.

—Molt bé, a veure, doncs —va dir la Mabel—. La teva darrera idea va ser genial.

—L'oncle Fred ha dit que la Maud és una dona molt bonica —va anunciar la Jackie.

SELF RAISING FLOUR
CASTOR SUGAR
RAISONS
FLOUR

—I què? —es van queixar les bruixes.

—El Fred! —va exclamar l'àvia—. El meu fill Fred? No siguis beneita. Les dones li fan pànic. Mai no en mira cap, de dona.

—Bé, doncs a ella sí —va insistir la Jackie—. Potser es podrien casar.

—Una idea excel·lent —va dir l'àvia—. Fa anys que espero que el Fred es casi. Farem una cosa. Us convidaré a tots a sopar, i al Fred també. Jackie, tu i els teus pares també hi heu de venir, perquè no se'ns vegi el llautó. Us sembla bé dissabte vinent?

—Sí —va dir la Mabel—, tot i que no em puc acabar d'imaginar la Maud casada amb ningú.

—Estic segura que tampoc no te la podies imaginar deixant de ser bruixa, o treballant de valent, ni a tu mateixa vivint en un pis i amb un munt d'amics, oi?

—D'acord —va dir la Mabel—, però això és diferent. El que vull dir és que la Maud era la bruixa més malvada que coneixia. I pel que fa al fet que una de nosaltres es casi, bé, mai no m'havia passat pel cap.

—Val la pena intentar-ho —va declarar l'Ethel—. No hi tenim res a perdre i, a més, no oblidem que ara mateix ens està fent tornar boges.

—Hummm —va fer la Mabel—, tinc una idea. Què us sembla si li posem un xic de poció amorosa a la beguda? Crec que recordo prou encanteris per poder-ho fer. Deixeu-me pensar un moment. Ah, sí, ja me'n recordo:

Poció màgica, qui et begui
ben aviat trobarà el cor
per les arts de l'encanteri
dins les xarxes de l'amor.

—Ja ho tenim! —va dir l'Ethel—. Oh, Maud, no t'imagines quina una te n'estem preparant. Ha, ha! Serà d'allò més divertit!

Així doncs, el dissabte següent van arribar totes al pis de l'àvia. La Maud se sentia trista perquè, aquell matí, l'Ethel li havia posat poció al te i, després de dinar, la Mabel li n'havia posat al cafè. Les tres bruixes, l'una amb un ramell de flors, l'altra amb una ampolla de vi i l'altra amb una capsa de bombons, esperaven que s'obrís la porta.

—Passeu, passeu —va dir l'àvia—. Oh, quines coses tan boniques! Són per a mi? Que en sou, d'amables. Maud, tens un aspecte magnífic. Crec que coneixes tothom, tret del meu fill, el Fred.

El Fred tampoc no semblava gaire alegre. L'Ethel havia aprofitat un moment en què era fora per entrar volant al seu pis i li havia posat poció amorosa al raspall de dents. Però es va animar ràpidament en veure la Maud, i ben aviat tots dos es van oblidar dels altres i es van posar a xerrar alegrement.

Quan va acabar la vetllada, ell ja s'havia compromès a ensenyar-li el museu de la ciutat i ella l'havia convidat a sopar.

Per no fer la història massa llarga, direm que la poció havia funcionat a les mil meravelles i, al cap de dos mesos, la parella feliç ja havia acordat contraure matrimoni.

—L'única cosa que m'amoïna —va dir la Maud a les seves germanes— és deixar-vos plantades. Vull dir que heu estat molt amables d'haver-me acceptat després de la mala passada que us vaig fer. Em sap greu haver-vos de deixar soles.

—No t'hi amoïnis —li va assegurar la Mabel ràpidament—. Sí, és clar que ens sabrà greu perdre't, Maud, però cal pensar en la teva felicitat. Pensa com se n'hauria alegrat la nostra estimada mare. Ella també era una bruixa casada. Creia en el matrimoni.

—La mare no ens hauria perdonat mai si ens haguéssim comportat d'una manera egoista en un moment com aquest —va afegir l'Ethel, mossegant-se el llavi.

—Tens raó —va contestar la Maud—. Cal fer el que la mare hauria volgut. Us deixaré el calder i els llibres. Jo sóc a punt de començar una vida nova. Continuaré treballant amb vosaltres com fins ara, naturalment, però, tret d'això, deixaré de banda la bruixeria. I ara, veniu i m'ajudareu a escollir un vestit per al casament.

L'Ethel va xiuxiuejar a la Mabel:

—Ufff, gràcies a Déu! Per un moment terrible he pensat que es quedaria a viure amb nosaltres per sempre.

—Jo també —va dir la Mabel—; sort que l'hem convençuda! Després del casament, tornarem a ser lliures una altra vegada. Iupiii!

Al cap de dues setmanes, la Maud es va casar. El casament hauria estat com qualsevol altre, si no fos perquè la núvia, que duia un llarg vestit blanc i un barret de bruixa, va arribar muntada en una escombra, acompanyada de les seves dues germanes.

Després de la cerimònia, hi va haver una gran recepció. Hi van assistir tots els veïns dels pisos i també tots els venedors de menjar ràpid de la ciutat, que van proporcionar el menjar de franc. Tothom es va atipar de pizzes i curri, menjar xinès i canapès, peix amb patates fregides i gelat. Ningú no recordava haver-s'ho passat mai tan bé. Quan va arribar l'hora de marxar, la Maud va agafar l'escombra i va cridar:

—Puja al darrere, Fred.

I se'n van anar volant per la finestra, mentre els convidats els feien adéu amb les mans i llançaven confeti.

—Mai no havia pensat que veuria el meu Fred casat —va dir l'àvia, entre sanglots—. Ethel i Mabel, m'heu convertit en una vella molt feliç.

—Doni-li les gràcies a la Jackie —va contestar l'Ethel—, no a nosaltres. Tot plegat ha estat idea seva.

—Tens raó —va dir la Jackie—. Sóc un geni, o qui sap, potser sóc una mica bruixa.

—Pitjors coses podries ser —li va dir la seva àvia.

—Hummm, em penso que ja sé què vull ser quan sigui gran —va contestar la Jackie—, una bruixa.

Tots van pensar que era una idea excel·lent i van alçar les copes per brindar per la Maud, l'ex-bruixa, per l'Ethel i la Mabel, les bruixes bones, i per la Jackie, la futura bruixa.

Col·lecció TUCAN
(Últims títols publicats)

19. Maite Carranza *En Maurici Serrell Suat.* (Sèrie Blava).
20. Joyce Dunbar. *Software i la febre de fer mitja* (Sèrie Verda).
21. Ricardo Alcántara. *L'oca Soca* (Sèrie Blava).
22. Gabriel Janer Manila. *Recorda't dels dinosaures, Anna-Maria* (Sèrie Verda).
23. M. Teresa Aretzaga. *Granota per un dia* (Sèrie Blava).
24. Rafael Estrada. *En Molla i els saltapedres* (Sèrie Blava).
25. Isabel Córdova. *El zoo d'estiu* (Sèrie Verda).
26. Pablo Zapata. *Bensuf, el rellotger* (Sèrie blava).
27. Maite Carranza. *Abel, l'aventurer* (Sèrie Verda).
28. J. F. Renau. *Una immensa vaca* (Sèrie Verda).

29. Susana Rafart. *Els gira-sols blaus* (Sèrie Blava).
30. Josep Gòrriz. *Història d'una sabata noble* (Sèrie Verda).
31. Jordi Sierra i Fabra. *La vall dels tigres* (Sèrie Verda).
32. Jordi Sierra i Fabra. *Aydin* (Sèrie Verda).
33. Olga Xirinacs. *Patates fregides* (Sèrie Blava).
34. Paloma Bordons. *Dimonis en samarreta* (Sèrie Blava).
35. Guido Quarzo. *Roda el món i torna al Born* (Sèrie Blava).
36. Mariasun Landa. *Quaderns Secrets* (Sèrie Verda).
37. Braulio Llamero. *La tia Tita i els lladres de cireres* (Sèrie Verda).
38. Joaquim Carbó. *El geni d'Aladí Garcia* (Sèrie Verda).
39. Jaume Cela. *El gat amb barret de copa* (Sèrie Verda).
40. M. Teresa Martín. *Jo vaig viure amb una bruixa* (Sèrie Blava).
41. Juan Clemente Gómez. *Estimadíssim, pare* (Sèrie Verda).